Eurydice

fabula amoris

Miriam Patrick

Liber emendatus a
Eleanor Arnold, Daryl Grissom, Joseph
Watkins, et John Piazza
Picturae pictae a
Rachel Ash

Liber Parvus pro Secunda Classe Latina

Pomegranate Beginnings Publishing
Lawrenceville, Georgia

Introduction

Eurydice: fabula amoris, much like its prequel, *Pluto: fabula amoris*, tells a love story from a different perspective. This novella plays with the idea of Eurydice's voice and her choices in the matter, as well as Orpheus' emotions and thoughts behind his actions. The novella, like *Pluto*, will change voice from chapter to chapter, as indicated by the title of each chapter.

Eurydice: fabula amoris is not meant to follow any specific myth or ancient work, but rather draws from a variety of inspirations, including the questions we ask when we read or hear these ancient stories. This novella is a creative attempt to provide a voice to characters that we otherwise rarely hear from and to give students a way to easily read about these stories in Latin, as well as to open the door in our classrooms for deeper conversations.

Eurydice is comprised of 206 unique words (not including forms) and in writing it, I regularly consulted Dickinson's Frequency List, The 50 Most Important Verbs list, Lewis and Short's Latin Dictionary, and Mark A. E. Williams' *Essential Latin Vocabulary*.

Additionally, I must thoroughly thank my readers who worked through my writing process with me and provided invaluable feedback: Eleanor Arnold, Daryl Grissom, Joseph Watkins, and John Piazza. I greatly appreciate the discussions we had and the work they put in so that this novella could be what it is.

Thank you for taking time to read this novella. I hope you enjoy it!

Miriam Patrick

Nota Bene

This novella makes use of both storytelling and active thought from each character. When reading the novella, you may wish to imagine the character is telling you the story and pauses occasionally to give you a sidebar (or to break the "fourth wall," if you will). This is to allow the characters to tell their story while still maintaining their own voice and opinions in the matter, as well as to allow after the fact thoughts that, otherwise, we, as third-party readers, would not be privy to.

To this end, this novella makes use of *italics* to show a change from a character's voice telling a story to his or her thought process. Some thoughts will be in the present tense while storytelling will take place in the past, just as speech would. Others are thoughts that reflect on the story and are in past tense.

Capitulum Primum:
Eurydice

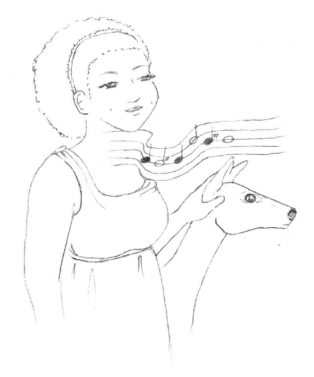

in silva sedebam. saepe
in silva sedebam. silva est
domus mea. silvam amo.
arbores amo. flores amo.

animalia amo. nympha sum.
in silva sedebam et aliquid
audivi. erat carmen.
nesciebam quis carmen
faceret. neminem in silva
vidi. carmen mihi placebat.
carmen mihi maxime
placebat! carmen amo.
carmen me per silvam
ducebat. per arbores ibam.
per flores carmen me
ducebat. prope flumen et sub
sole ibam. subito, aliquem
vidi.

erat vir. erat
pulcherrimus et carmen

pulcherrimum faciebat. vir me carmine cepit. prope flumen sedebam et carmen audiebam. amorem carmine inveni.

Capitulum Secundum: Orpheus

eram puer in Graecia.
mater mea erat Musa,
nomine Calliope. pater meus
erat rex Thraecius. mater
mihi puero donum dedit.
mater mihi artes musicas

dedit. nemo carmina facere
poterat melius quam ego.
carmina facere amo.

per urbem ibam,
carmina faciens. pueri et
puellae mecum ibant et
saltabant. fabulas carmine
meo faciebam. omnes pueri
et puellae fabulas audiebant.
omnes erant laeti.

saepe per silvam ibam.
mihi valde placebat in silva
carmina facere. in silva
homines non erant. in silva
erant res naturae: arbores et

flores et herbae et aves et omnes. per silvam ibam et multa videbam: arbores et saxa et herbas et flores et solem et nubes et animalia. multa animalia in silva videbam.

puto optimum animal avem esse. avis est optima quod in arbore sedet et carmina facit. ego similis avi eram. avis carmina faciebat, et ego carmina faciebam.

cum per silvam irem, amici mei non erant pueri,

sed animalia et flores et
saxa. cum musicam facerem,
animalia mecum ibant et
flores saltabant. carmina
mea etiam saxa movebant.

carmina facere amo.
cum carmina faciam, omnes
naturae et animae saltant.

Capitulum Tertium:
Orpheus

erat dies optimus. erat dies pessimus. amorem habebam. amorem amissi. *quam infelix sum.*

Eurydice, quae iam erat coniunx mea, erat pulchrior quam sol. Aristaeus tamen,

filius Apollonis, eam amavit.
sed erat coniunx mea.
Eurydice me amare voluit.
quam felix eram.

laetissimi eramus. sub
arboribus sedebamus et
nubes spectabamus,
carissima mea et ego. etiam
Iuppiter et Iuno non
pugnabant, nos spectantes.
quam felices eramus.

illo die, unum nubem
atrum vidi. sed ego et
Eurydice non timebamus.
arbores nos custodiebant.

mox pluebat, sed
arbores nos custodiebant.
Eurydice, carissima mea, et
ego sub arboribus
sedebamus et loquebamur.[1]
saltabamus sub arboribus.
dormiebamus sub arboribus.

ille dies erat horribilis!
quam infelix sum!

mox me excitavi.
circumspectavi sed
coniugem non vidi.
Eurydice, carrissima mea,

---

[1] we were speaking

vita mea, amissa est. per
arbores currebam.
carissimam vocabam.
carissimam quaerebam.
lacrimabam.

quam horribilis erat!
quam infelix, quam tristis
eram!

subito, Eurydicem vidi.
in terra dormiebat.

non dormiebat. quam
infelix sum. numquam iterum
carmina faciam.

Capitulum Quartum: Eurydice

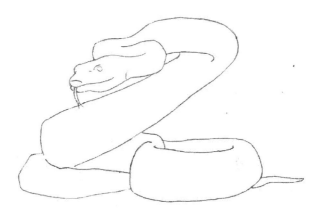

quam tristis erat ille dies. eram sub arbore cum coniuge, Orpheo. laetissima eram. laetissimi eramus. sub arboribus dormiebamus. subito, esuriebam.[2] nolebam coniugem excitare, ergo sola

---

[2] I was hungry

per silvam cibum
quaerebam. aves cantabant
et sol lucebat.

in silva habitabam.
silvam amo. per silvam
ambulabam, cibum
quaerens. arbores salutavi.
aves audiebam. animalia me
salutaverunt. ventus per
silvam se movebat et omnes
vivi erant. silva plena
carminum erat. laeta eram.

subito, aliquid audivi.
attonita eram! aliquis me
petebat! per silvam

currebam. sol non lucebat.
aves non cantabant.
Orpheum non vidi. silva
tacita erat. nescivi ubi
essem. haec silva non erat
domus mea. haec silva bona
non erat. haec silva me
terrebat. nymphae aberant.
amicae aberant. sola eram.

    in terram cecidi.
aliquem audivi, sed eum non
vidi. perterrita eram. tacita
eram. arbores non dixerunt.
ventus se non movebat. aves
non cantabant. animalia se
celaverunt.[3] neminem vidi.

aliquem audivi. nescivi ubi
esset.

in terram spectavi et
unum amicum vidi.
serpentem parvum vidi.
serpentem vidi et arisi.[4] sed
serpentem terrui. serpens me
momordit.[5] in terram cecidi.

---

sub terra excitavi.
terram non vidi. silvam non

[3] hid themselves.
[4] I smiled at
[5] bit

vidi. coniugem non vidi.
quam infelix eram!

vir, qui Charon
vocabatur, me duxit. canem,
qui Cerberus vocabatur,
vidimus. fabulas horribiles
de Charone et Cerbero
audivi, sed benigni erant.
Charon ad reginam et regem
me duxit. rex et regina in
sellis pulcherrimis sedebant.
putabam regem horribilem
esse. sed benignus erat. me
non terruit. regina erat
pulcherrima. *quam
pulcherrima est! regina est
similis soli!* circum reginam

erant flores. cum regina
rideret, totus mundus
ridebat.

"iam haec est domus
tua," rex mihi inquit.
mortua sum.

"iterum Orpheum
videbo?" rogavi.

"fortasse," regina
Proserpina inquit.

Capitulum Quintum: Orpheus

prope flumen diu sedebam. quam tristis eram. carmina facere nolui. comedere nolui. domire nolui. quam tristis eram. lacrimabam.

flores mecum
lacrimabant. arbores mecum
lacrimabant. etiam saxa
mecum lacrimabant. omnes
Eurydicem amabant. iam
Eurydice aberat. sine
Eurydice, quam horribilis
mundus erat. sine amore,
quam horribilis mundus erat.
sine Eurydice, nihil sum.

consilium cepi. cum
carmina facerem, omnes vivi
erant. etiam saxa saltabant.
etiam animae saltabant.
fortasse, si deis carmina

faciam, mihi carissimam dabunt.

ad flumen, quod Styx vocatum est, ibam. ibi, Charonem vidi. Charon non laetus erat, quod mortuus non eram. *in anima mea mortuus eram!*

"stulte," Charon inquit, "quid agis? cur hic es?"

carmen feci. carmen triste erat. carmen amoris erat. flumen carminis plenum erat. Charon

lacrimabat. flumen
lacrimabat. tum, Charon me
sub terra duxit.

---

sub terra Cerberum vidi.
canis iratissimus erat quod
mortuus non eram. *nemo me
intellegit!* carmen iterum
feci. Cerberus carmen
audiebat et, mox, tristissimus
erat. Cerberus me spectavit
et lacrimabat.

mox, regem vidi. in
sella pulcherrima sedebat.
iratus me spectavit.

"quis es? cur hic es?"
rex me rogavit.

carmen feci. carmen de
Eurydice et me feci. regi dixi
carissimam et me sub arbore
sedisse. dixi eam in terra
invenisse. regi dixi me
mortuum sine coniuge esse.

"coniugem meam volo.
mundus tuus plenus
animorum est. da mihi

coniugem. tristissimus sum!"
regi inquam.

"tibi coniugem dare non
possum." rex inquit.

Capitulum Sextum: Eurydice

sub terra sedebam et Orpheum audivi. attonita eram. cur coniunx meus hic erat? audiebam.

Orpheus carmen triste faciebat. carmen de amore nostro faciebat. rex Pluto audiebat.

"tibi coniugem dare non possum." rex inquit.

subito, reginam vidi. regina pulchrior quam sol erat. cum rex coniugem videret, ad eam arisit.[6]

"Pluto, mitte puellam ad terram. commemores[7] te olim puellam non habere," regina inquit.

---

[6] he smiled

[7] Remember

coniugem meum
spectavi. laetissimus erat.
quam felix eram. volui ad
coniugem currere, sed rex
dicebat.

"carissimam meam
amo. cum dicat, audio,"
Pluto inquit, "audi me caute.
si coniugem habere vis, me
audias."

omnes taciti erant.
omnes regem audiebant.
etiam flores, qui circum

reginam erant, regem audiebant.

"audio," Orpheus inquit, "dic mihi."

"i ad terram tuam. i e hoc mundo. coniunx te sequetur.[8] noli ad hunc mundum te vertere. si ad hunc mundum te vertes, coniugem numquam videbis. poteris coniugem in terra tua videre." rex Orpheum spectabat. *quam felix eram!*

---

[8] will follow

"certe," inquit Orpheus, "possum hoc agere."

"i, iam," inquit Pluto, "et noli ad mundum meum iterum venire, nisi[9] mortuus."

quam felix eram!

---

[9] unless

Capitulum Septimum: Orpheus

ad terram meam ibam. coniunx me sequebatur.[10] *sequebaturne me?* a rege ambulavi. *quam felix eram.* a regina ambulavi. *quam pulchra est.* per illum

---

[10] was following

mundum ambulavi. *quam
benignus rex erat.* regi
credidi.

umbras vidi. umbrae
erant ubique. cum ad regem
ante ambularem, umbrae non
erant. *umbras non vidi.* iam
umbrae erant ubique. *dedit
Pluto mihi animam coniugis
an alteram animam? Plutoni
credidi.*

Cerberum vidi. *quam
magnus et ferox est!* cum
carmen ante facerem,
magnum canem non vidi.

canem benignum vidi.
timebam. iam magnum
canem vidi. timebam, sed
laetus eram quod coniugem
iterum habebam. *putavi
Plutonem mihi coniugem
dedisse.* Plutoni credidi.

mox, solem vidi. *quam
felix eram.* silvam non vidi.
sed aves audivi. flumen non
vidi. *sed aquam audivi.*
laetissimi eram. coniugem
non vidi, sed aliquid audivi.
*erantne pedes carissimae
meae? eratne vox carissimae
meae?* laetissimus eram.

ad terram ambulavi.
credidi regem mihi
coniugem dare. *credidine*
regi? eratne Pluto fidelis?
cur non licebat mihi ad illum
mundum me vertere? ubi
erat coniunx? ubi erat
Eurydice?

ad coniugem me verti.

Capitulum Octavum: Eurydice

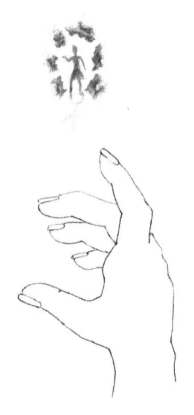

quam felix eram. quam benignus erat Pluto. ille rex benignissimus animam

meam coniugi dedit. quam
felix eram.

quam felix eram…

cur Orpheus Plutoni
non credidit? cur Orpheus
Plutonem non audivit? post
coniugem eram. cum
Orpheus ambularet,
ambulavi. cum Orpheus
curreret, cucurri. cum
Orpheus felix esset, felix
eram.

Orpheus solem vidit et
aves audivit. Orpheus verba

regis non audivit. Orpheus
me petivit. Orpheus ad
mundum mortuorum se
vertit.

Orphi, carissime,
coniunx. te amo. semper te
amo. numquam te videbo.
numquam te tangam.
numquam carmina tua
audiam. te amo. noli me
petere. me invenire non
potes. amissa sum.

Orphi, qui carmina
pulcherrima faciat, noli
iratus esse. rex Pluto

benignus est. cum ad hunc mundum verteres, ante me cepit, licebat mihi te videre. quam pulcherrimus eras. numquam te videbo. semper te amabo.

---

sub terra iam habito. saepe carmina audio. puto carmen Orphei audire. laeta sum.

cum rex mortuorum me cepisset, lacrimas Orphei audivi. carmina Orphei audivi. Orpheus in terra erat, sed carmen audire poteram. etiam iram Charonis audivi. iam Charon non lacrimabat. iam Charon carmen non audivit. *quam infelix eram.*

per hunc mundum mortuorum ambulavi sed coniugem non vidi. coniugem non audivi. sola eram.

iam sola sum.

Index Verborum

absum, abes, abest	absent
ad	to/towards
ago, agis, agit	do/does
aliquid	something
aliquis	someone
alter, altera, alterum	another
ambulo, ambulas, ambulat	walks
amicus, amica	friend
amitto, amittis, amittit	loses
amo, amas, amat	loves
amor	love
anima	soul
animal	animal
ante	before
arbor	tree
arideo, arides, aridet	smiles at
ars	art
ater	black
attonitus, attonita, attonitum	shocked
audio, audis, audit	hears
avis	bird
benignus, benigna, benignum	kind
bonus, bona, bonum	good
cado, cadis, cadit	falls/ dies
canis	dog
canto, cantas, cantat	sings
capio, capis, capit	captures
carissima	dearest/ sweetheart
carmen	song/ music
certe	certainly
cibus	food
circum	around
circumspecto, circumspectas, circumspectat	looks around
comedo, comedis, comedit	eats
commemoro, commemoras, commemorat	remembers
coniunx	spouse
consilium capio	I have a plan
credo, credis, credit	trusts
cum	with/when
cur	why
curro, curris, currit	runs
custodio, custodis, custodit	guards
de	about
deus, dea	god
dico, dicis, dicit	speaks/says
dicit	that
dies	day
diu	for a long time
do, das, dat	gives
domus	house/home
donum	gift
dormio, dormis, dormit	sleeps
duco, ducis, ducit	leads

Index Verborum

e/ex	out of	in	in
eam	her	infelix	unlucky/ unhappy
ego, me	I/me		
eo, is, it	goes	inquit	said
ergo	therefore	intellego, intellegis, intellegit	understands
esurio, esuris, esurit	is hungry		
et	and	invenio, invenis, invenit	finds
etiam	even		
eum	him		
excito, excitas, excitat	wakes up	iterum	again
		lacrimo, lacrimas, lacrimat	cries
fabula	story		
facio, facis, facit	does/make	laetus	happy
felix	lucky/ happy	licet	it is allowed
ferox	ferocious	loquor, loqueris, loquitur	speaks/ talks
fidelis, fidele	trustworthy		
filius	son	lucet	shines
flos	flower	magnus, magna, magnum	large
flumen	river		
fortasse	maybe		
Graecia	Greece	mater	mother
habeo, habes, habet	has	maxime	greatly
		mecum	with me
habito, habitas, habitat	lives	melius quam	better than
herbae	grass	meus, mea, meum	my
hic	here		
hic, haec, hoc	this	mihi	to/for me
		mihi placet	pleases me
homo	man/ person	mitto, mittis, mittit	sends
horribilis	horrible		
i	go!	mordeo, mordes, mordet	bites
iam	now/ already		
ibi	there		
ille, illa, illud	that	mortuus, mortua, mortuum	dead
		moveo, moves, movet	moves
		mox	soon

Index Verborum

multus,	many	plena	full
multa,		pluit	rains
multum		possum,	is able
mundus	world	potes, potest	
Musa	Muse	post	after/ behind
musica	music	prope	near
-ne	yes/no	puella	girl
	question	puer	boy
nemo	no one	pugno,	fights
nescio,	does not	pugnas,	
nescis, nescit	know	pugnat	
nihil	nothing	pulcher	beautiful
nisi	unless	puto, putas,	thinks that
nolo, non vis,	does not	putat	
non vult	want	quaero,	looks for
nomen	name	quaeris,	
non	not	quaerit	
nos	we/us	quam	how
noster,	our	qui, quae,	who/which
nostra,		quod	
nostrum		quis	who
nubes	cloud	quod	because
numquam	never	regina	queen
nympha	nymph	res naturae	nature/
olim	once		natural
omnes	all		things
optimus,	awesome/	rex	king
optima,	best/	rideo, rides,	laughs
optimum	amazing	ridet	
parvus,	small	rogo, rogas,	asks
parva,		rogat	
parvum		saepe	often
pater	father	salto, saltas,	dances
per	through	saltat	
perterritus,	frightened	saluto,	greets
perterrita,		salutas,	
perterritum		salutat	
pes	foot	saxum	rock
pessimus,	worst	se celat	hides him/
pessima,			her/ itself
pessimum		se movet	moves itself
peto, petis,	chases/	sed	but
petit	attacks/		
	seeks		
		Thraecius	Thracian
Index Verborum		tibi	to/for you

sedeo, sedes, sedet	sits
sella	chair
semper	always
sequor, sequiris, sequitur	follow
serpens	snake
si	if
silva	forest
similis	similar to
sine	without
sol	sun
solus, sola, solum	alone
specto, spectas, spectat	watches
stultus, stulta, stultum	stupid
sub	under
subito	suddenly
sum, es, est	is
tacitus, tacita, tacitum	quiet
tamen	however
tango, tangis, tangit	touches
terra	earth/ ground
terreo, terres, terret	scares

timeo, times, timet	fears
totus, tota, totum	all/whole
tristis, triste	sad
tum	then
tuus, tua, tuum	your
ubi	where
ubique	everywhere
umbra	ghost/ shade
unus, una, unum	one
urbs	city
valde	very much
ventus	wind
verbum	word
verto, vertis, vertit	turns
video, vides, videt	sees
vir	man
vita	life
vivus, viva, vivum	aline
voco, vocas, vocat	calls
volo, vis, vult	wants
vox	voice

More Titles from PBP!

Read all of the *fabula amoris* series!

Pluto: fabula amoris

> Can Pluto and Proserpina learn to love themselves...and each other?

Eurydice: fabula amoris

> Can true love conquer all—even death itself?

Medea: fabula amoris *COMING SOON!*

> She's given up everything she loves and knows for Jason. Is he worth it?

Echo: fabula amoris *COMING SOON!*

> Echo loses her voice when she betrays a friend. Will she lose herself too?

Other Pomegranate Beginnings Publishing Titles

Camilla

> All Camilla wants is to be a great warrior and stay at Diana's side. Can she avoid a fate that says otherwise?

Itinera Petri: Flammae Ducant

> One morning Peter wakes to see flames dancing over his head in the bathroom mirror. What will Peter learn about the world and himself on the flames' journey?

Made in the USA
Lexington, KY
05 July 2018